鯨の目　成田三樹夫遺稿句集

無明舎出版

撮影　田邊幸雄

ひそと動いて光
大音響

五十六年一月
三樹夫

序にかえて

成田温子

今から五、六年前からでしょうか、成田が賀状に俳句を書く様になったのは――。

どちらかと言うと筆無精な人でしたが、その罪滅ぼしの気持もあったのでしょう。

賀状だけは毎年全部手書きで出しておりました。

ある時知人より頂いた暑中見舞の葉書に爽やかな緑の葉に白い花をつけた野草の押花が添えられてありました。成田はその葉書を嬉しそうに眺め、

「心遣いが……いいねェ」

と一人悦に入っていました。

そしてその翌年の賀状から俳句が書かれる様になりました。

最初の頃は単に賀状用にその時期が来ると句作をしておりましたが、もともと若い

頃かなり詩の世界へのめり込んでいた人ですので少しすると句作がおもしろくなって来た様で、京都への行き帰りやロケ先などでも書いて来る様になりました。

その様にして少し書き溜めてあった句でしたが一昨年の十二月半ばより入院生活に入り、まだ状態の良い頃、自宅から持って来させた野鳥や植物の写真本、またその頃丁度発売された鯨の写真集を取り寄せたりして句作を重ねておりました。それに病室の窓から僅かに見える神宮の森、もう緑の葉も落ち裸の冬木立でしたが、そこへ鳥とか遠目では名前も分らない小鳥が結構飛んで来たそうです。

昼過ぎ病室へ行くと、

「昨日また書いておいた。手帖見ていいよ」

と言ってそれを見せてくれていました。

そんな様子を成田の兄にも話し相談をしまして成田の気力を奮い立たせる為にも、来年米寿を迎える母への贈物として句集にまとめるのはどうかと持ちかけてみまし

た。すると、

「そうだねェ、出来るかどうか分らないが……、ま頑張ってみるか」

と言う返事でした。

その中には、もしもの時の覚悟も有ったでしょうし、母や二人の娘への想い等も有ったのではないかと思います。

非常にシャイな面のある人だけに娘達に何かを伝えるとか特別話し合うとかは、あまり無かったのです。割合黙って感じ取れというタイプでしたから。それだけに句を通して娘達には父親としての又母や友人達には一人の男としての、言ってみれば〝生きた証〟の様な事を伝えたかったのではないかと想っています。

成田とは共通の知人を通して知り合いました。成田が三十二歳、私が十九歳でした。

その後時々電話が来る様になり、食事をしたり映画を観に行ったりお酒を飲みに連れて行ってもらったりと可愛がってもらっていました。私は三姉妹の末子として育ちましたので私にとっては良いお兄さんができたという感じでした。

ある日、日比谷へ映画を観に行き、その帰りに食事をしていた時です。

「温子は、どんな本を読んでる?」

と突然聞かれ、焦りながら今まで読んだ数少ない本を挙げました。

その中で太宰治の名前が出ると、

「太宰は僕も好きだよ。あとね、ドイツの作家なんだけどハンス・カロッサと言う人の本なんか温子にいいんじゃないかなと思うんだ。透明感があってサラッとしている文章で読み易いよ。何と言う事ない様でいて読後が清々しいんだ」

帰ってから早速本屋さんへ行ったのですが、絶版と言う事でしたので古本屋さんへ回ってみました。

三軒目のお店で『ハンス・カロッサ全集』を見つけ買い求めました。それは今でも私の大切な本となって時々読み直したりしています。カロッサの本でもう一冊大事にしているのは成田の叔父の訳した本で、その叔父から私へと頂き感激した事を覚えております。

十年位前になると思いますが、ある女優さんへの結婚祝として地方の出版社に有りましたカロッサの在庫を取り寄せてお贈りさせて頂いた事もありました。

「何でも一生懸命読まなきゃ駄目だ。詩でも小説でも作者は命懸けで書いているんだ。だから読む方だって命懸けで読まなきゃ失礼なんだ」

そして、

「そうでなければ字面ばかり追うだけで本当の宝物は作者は見せてくれないんだよ」

言われている事は分るのですが、私などには到底そういう読み方は出来そうにもありませんでした。

結婚してから初めて京都へ行った成田から手紙が届いた事がありました。その手紙の中に非常に成田らしい箇所が有りますのでそれを書き出してみます。

…中略…カロッサも毎日少しづつでも続けて下さい。そして人並はずれて誠実な人間がどんな事を考え続けどんな具合に生きていったかを少しでも分ってほしい…中略…。僕もこの辺でもう一つ腰をおとして勉強の仕直しをするつもりです。とにかくもっと自分をいじめてみます。男が余裕を持って生きているなんてこの上ない醜態だと思う。ぎりぎりの曲芸師の様なそんな具合に生き続けるのが男の務と思っています。色気のない便りになって御免なさい…後略…。

今、この古い手紙を書き写しながら、成田は、こういう本質の部分を最後まで持ち続けていた人だと思います。

人並はずれて一生懸命、真正面から何かを見つめ、考え、その為に苦しんだり、傷ついたり悲鳴を上げながらも自分に鞭を打つ。

これは成田の聖域なので決して触れない部分だと思っていますし、私などには計り知れない世界でしょう。私の様な俗人から見ると何故そんなに自分を痛めつけなければならないのかと思いますが、これはそういう感性を持って生れた成田の業のようなものではないかと思います。

葬儀後、親しい友人の方々が成田の遺骨と共に何となく我家に集まりました際、その中のお一人がしみじみと、
「何でこんなに成田さんに拘るのかと考えたけれど、結局僕は理屈抜きで成田三樹夫という男が大好きだった。それだけなんです」

その言葉を伺って私も全く同じ気持でしたので嬉しくて涙が出て来ました。そして成田に対して、この上ない言葉だと思いました。

東北人らしく非常に腰の重い人でした。それがやっと仕事に、そしてライフワーク

に欲が出て来て今まで蓄積して来たものをまとめ上げて行く段階でした。

その成果を出せなかった事を無念に思います。

しかし探究心の旺盛な人で天体等にも興味をそそられていましたので今頃はのんびりと、こちらの世界からは見えなかった星や宇宙空間を楽しんでいるかも知れません。

成田が本を通して語り合って来た方々とも時空を超えてお会いしているかも知れませんし、そうであってほしいと思います。

こちらの生臭い世界より成田にとっては黄泉の国の方が過し易い様にも思います。

男として真っ当な事を考え、真っ当に生きた人、そして人一倍の厳しさ、人一倍の優しさを生き抜いた人、肉体よりもむしろ神経の方が寿命ではなかったのかと感じています。

〈あなた、おつかれ様でした。又会える時まで〉

この句集が完成するまで、多方面にわたりいろいろ御手助け頂き、また世間知らずの未熟な私を支えて下さいました方々に心より御礼申し上げます。

成田も彼岸より深く感謝致している事と存じます。

そして長い間、成田三樹夫を応援して下さいました皆様、最後まで親身の治療・看護等をして頂きました東海大学附属東京病院関係の皆様へ厚く御礼申し上げます。

成田に代りまして末長く皆様の御健勝をお祈り致しております。

鯨の目　目次

鯨の目

成田三樹夫遺稿句集

第一綴

昭和五十八年七月

山芋をすする音わたしがすすっている

肉までもぬいだ寒さで餅をくい

大空の下で大根を抜く

元日やいたいほどにものが見え

天を抜き地を抜いてゆく屋根の線

第一級　二十三

ゆれている紫檀の枯葉くもの糸

眼球をよぎっておちる火球かな

冬の陽に目をすぼめ足をみる

第一級　二十六

目が醒めて居どころがない

日々元旦に洗われん老いの熱

冬の陽や錫杖のごと枯野貫き

冬の陽や千万の塵千万の夢

冬の陽や駆けるチグリス天の村

第一級　三十一

冬の陽やとっぷりと柴の犬

ひげそる刃さえわたる朝ほうき星

杉桶に水粲粲と大安堵

齢醒めてゆらりゆらりの俯瞰かな

白き指舞いあがる方すばる星

しづけさや息ひそむれば恵方楽

手の冬蠅を見ている

しづけさや山の道呼吸音天柱の歩みなり

冬の道大蟷螂の枯ぐらり

無一物なる木偶の歩みや去年《こぞ》今年《ことし》

友逝くや手の冬蠅の重さかな

千萬の虹重なる時の貌

強き腕一閃し天の川一星となれ

友の訃やせまき厠にただ涙落つ

逝きし友万化の宙に俳優《わざおぎ》げり

第　二　綴

昭和六十一年暮れより

背をのばせばどこまでも天

しづけさに息ひそめ居り去年今年

鯨の背のぐいと海切る去年今年

去年今年ぐいと曲ゆく走者かな

奴の背中におぶさっていたあの異形のもの

第二級　五十三

ゆきしものせまき厠に尿の音

第二綴　五十四

冬天の天の川黒マント一閃す

友逝きて幽明界の境も消ゆ

人々の万化の風に押されて歩む

あの落椿この夜の風にまろぶかも

急の春冬装束で絶望す

蟇《ひき》の背に奔流走る時雨哉

竹、山をのぼるよ冬のそよ風

白梅の蕾の上に星香ぐや

つかれはてて肉声こぼるや酒光る

煙草のけむりたなびく方に命たなびき

第二級　六十四

五十億年寝返りうつやこぞことし

第二級　六十五

息ひそめなにを聞かんや去年今年

春暁の叩《はたき》の音や足の裏笑う

名もない星にぽとりとおちる

老の皺わらえば鳴るよ沙つむじ

第二級　六十九

子等の足あとひいた線を蟻等が渡る

雀の子頭集めて宮まいり

一線をまたげば異邦去年今年

かしの道や息荘厳柱となり立ちぬ

寒月やのぞめば老歯するる音

冬の樹や微動だにせず子等を抱く

うたっていってまたあらわるるぞよ

第二級　七十六

寒の床入るこの身のおかしさよ

第二級　七十七

風吹いて空わっとかををを出し

首をまわせば宙空また新たなり

書を捨てて風のひとふき読みに出かける

山坂に動かぬ人一人見ゆ

やまびと歩きはっと山あきらか

清水のむ馬ののんどや秋の空

静かに目をとじれば静かに月光消ゆ

兇暴の星空背負い牧人笑ふ

谷の音わが息の音いかんせん

老《おい》の顔大陸とみゆ寒の風

蕾《つぼ》もたぬ皐月おもろや寒の月夜

犬と蟇にらみ合ろ間の大宇宙

八手の葉蔓とわれの息合っている

妻の音にぐんにゃりとなる留守居かな

第二級　九十一

冬夜冴冴首のびてゆく

寒木瓜の枝それぞれの宙をめざすよ

道をゆくわが一歩一歩の不思議かな

ものみなよく見えてきてはるかなり

杭頭の怒濤の如き木理かな

力が抜けて雲になっている

第二級　九十七

金色の舟渡るまで身に掌をあてる

寒鳴るやいっぱいのいたさをだいて妻ねむる

身まかりし蜂をみているおおきい眼

子供等の笑い顔みて時疾し

海山の母の如くや月見草

投げられし蛇の目に童たち宙を舞い

何十億光年もの距離が0になる不思議

ゆずりはにこしかけてまた正月がござったそうな

静かさや千々に乱れし夢を喰え

母の背やかかとに下駄のあたる音

風の音か息の音か

かうほね（河骨）の黄や水精の吐息かな

あめんぼのふむ水のたわみよ夏の懈怠よ

青葉と風と日光に征服されてゆくおののき

ちゃわんをしっかりとおいてぞっとする春夜

古池に小雨あそんで円《まる》や円

夕顔のつるのきつさに身構えり

脚を抜かれしパンツに手がとどかない

第二級　百十五

鳥達のとんでいった石の上に腰をおろす

暗き淵よりわいてきたるや大あくび

八方つつぬけの極楽

動かぬ庭に白き一蝶舞いあがる

少年の道破裂してふるえる百面

ほっぺたのキメの海に泳ぐところすい

第二級　百二十一

農婦らの手になるお萩虫供養

第三綴

昭和六十二年二月

鶲《ひたき》一声静冬の午の恐怖

ひそと動いても大音響

ねむる犬に近々と杏おちている

神々ののどかさよ天に満ち満ち

動かぬ牛等にあゆみがにぶる

牛の眼におじぎする気持ちで通る

裏富士をめぐりて眼んの玉昇天す

太陽べろろん去年今年

色々の人々のうちにきえてゆくわたくし

ぼたん雪土の眠りやこんこんと

ぼたん雪湯の中に女体の眼

天上も天下も抜くよわらべかな

美禄の河に流るるおたふく

丸石のぬくみに溶けん山胸に入る

第三綴　百三十八

はっと立って死んでもよし

花の奥にかおあらわるる

波ひいてもぬけのからのいとおしき

一瞬大空のすき間あり今走れ

影くっきりと身づくろう一羽だけの雀

億千の風煮こごるや岩上の松

高笑い朱い盃（信楽杯）頬ふくらますよ

一息ごとの異邦なり寒月鳴るや

山繭を飾りし山家の力こぶ

友逝くや友も我等も旅立たん

風の日にまたきかせてくれよ岩桔梗

春ゆくや煮こごりのくづれゆく

木理なり清流怒濤と遊ぶ春永

春ゆくや鮮明なるや海中の蟹

大青葉哄笑し足の裏笑う

山うどと酒のんどおち大河となる

春行くや旅の音みまかりぬ西行忌

山うどを抜く音に大山息をのむ

第四綴

昭和六十三年五月九日より

暗き空どこまでも追いかけてくるぞ

岡山よりの帰路

河がめぐり緑がめぐり病む人あり

岡山よりの帰路
病む英夫兄を見舞う（岡山へ）

浜りんどうの紫ゆれて人の道見ゆ

城ヶ島

岩の馬の背遠くの富士を乗せている

城ヶ島

いくたびの去年今年困った顔の赤不動

第四綴　百六十三

苗うえる農夫の背中よ足れる姿よ

青き叢盛りあがり細き川幻想す

夕顔やたどれば見るなの蔓の貌

第四綴　百六十六

梅雨の小川よ深き黄泉の幻想よ

朱き丸太に梅雨空おちている

きらめく青葉よ百面の時の流れよ

よじよじと這っている蛾をソプラノで送ってやる

動かぬ池の動かぬ鯉にひゅっと背をむける

あわびかみ背は怒濤にまかせおり

目鼻口とけおうている野の仏

大《たい》空《くう》の奥身よ冴え走れ秋夜なり

刻《とき》彩《いろ》をなし一散に山駆くる今

今艶たちぬ一木一草かきいだきたし

物云いたげな急須の口や秋深し

彩の嶺なだれる如き刻の音

頭洗ろや掌にのりたる頭蓋《はち》おかしき

山近々と肺ひろがる

ものみなにこりと笑っている戦慄

デスマスク疾くきたれ鉄鎚よ

恋終り空のひろさや

恋猫なくや神の足ふるうるや

恋猫の声寒夜の空となり

闇に光るけものの眼の如き恋ありき

狂手舞い耐えし裸身を忘るべからず

かのひとの千の姿態でうまる身や

このせきりょうに遠く大笑する我をみている

沙《しゃ》参《じん》の花々古人《いにしえびと》の恥毛に咲くや

おおきい意志にて氷柱まがるぞ

ほそき脚砂山をけり海をもちあぐ

ふんどしの子等の尻みて涼をとり

雪どけに鴉鳴くなりなつかしき

陽と菰のはざまにふるろ寒牡丹

きさらぎやふりつむ雪に物云わづ

老梅の幹剝落す音もなし

冬の陽に黄金や瑠璃に縁の雪

雪《ゆき》解《げ》音《おと》病の床の逍遙す

小《こ》綬《じゅ》鶏《けい》をはじいてわらう大地かな

老梅や隻眼のごとき一花成す

椿の実陽と潮の香にむくりとす

黒き大型扇風機の落下の如き鴉

病中・再入院

つよき瞑目寒木瓜蕾もち

病中

第五綴

平成二年二月より

働き者や寒木瓜の実の髭や

はるかはるかなり羊歯の根にいづるさ緑

日向の磧《かわら》飛び交う虫等に首を出し

餅の音おさなき床《とこ》にうずくしあわせ

柿喰う児柿いろの中で眼が笑い

陽をうけて背中をかえす椿の実

鶯の首まきついて梅ちらず

病中

万両や柴の犬を紅一過せり

枇杷色に大松一樹黙して海をわたる

唐津焼名品を観て

冬木立真白き病気ぶらさがっている

病中

草じらみ犬の眉毛となりおりぬ

寝ぐせつきたる如き鴉もおり

病中

あとさきもなき不意打ちの誕生日

平成2年1月31日

咳こんでいいたいことのあふれけり

病室

鴉ばさとわれつい胸を出し

病室より

地上にてはや天上大風良寛忌

病中

蟇《ひき》はさむ棒にかよわす力《りき》加《か》減《げん》

時計の音それはピノキオ妻来る日

病中

壺口《ここう》にて桃の枝せめぎあう妻くる日

病中

荒海や王道自在のシロナガス

病中

大山櫻一樹を見たり見られたり

六千万年海は清いか鯨ども

病中

腹ばいてひとり雛菓子みあげけり

入院中永子叔母に雛菓子をいただく

痛みのなかで安《あん》心《じん》微笑をかいまみる

院中

痛みとともに掌宙《てのひら》を舞いはじめ

院中

連翹《れんぎょう》の花波うって唱歌の時間

院中

痛みなく春の日ざしを臍でながめている

病中

アイリスの花ひらくとき轟音ありや

病中

イスラムの処女のほゝえみレンゲ花

怒濤音のさきがけとなり水仙花

病中

かたづかぬ菰との距離や寒牡丹

病中

本おけば痛みの友も本を置き

病中

消燈すにわかに混沌あざやけり

病室

初富士をあおいでぐるり喉ぼとけ

鯨の目人の目会うて巨星いず

病中

桐の木をたたいて遠く走りけり

散歩のたびにつと青年の樹にさわりおり

病院の長い廊下のすみに盛んなる若木あり

馬酔木の花の長屋の夢にねむりたし

病中

まけた椋鳥尾長ののこした熟柿たべろ

病中

目あくれば晒した顔《つら》をまだ見ている妻

病中

椋鳥の寝息とともに佛たち

第五級　二百四十七

朧世の底をつきぬけ櫻は散るぞ

病中

脚細のぬかれて泣くや田舎道

あさき眠りに黒き影立ち悲鳴あぐ

平成二年病中

妻の音ききながら朝の呼吸《いき》充実す

平成二年病中

銀ゆるる芒一本目にあまり

平成二年病中

身の痛みひと息づつの夜長かな

平成二年病中

冬日浴び山の丸石空いている豪奢

平成二年病中

寝返れば背中合せに痛むひと

平成二年病中

綴りの余白から

本章は遺稿の中から句以外の文章（読書メモ・引用・詩・ｅｔｃ）を編んだものです。

第一綴から（昭和五十八年七月）

坂部恵著「〃ふれる〃ことの哲学」岩波書店

〈梵音響流《ほんのんこうる》＝鐘の音が里々をゆるゆるとまわる音の景色〉

ファガーソン「演劇の理念」未来社

〈アリストパーネスの喜劇―蜂、鳥、蛙を喜劇の主題、動物の姿による形象化―聖なる伝統〉

〈巨大星雲（ギャラクシー）＝端より端まで7億3000万光年（一光年約九・四兆キロ）〉

アマドウ・ハンパテ・バア著「ワングランの不思議」リブロポート

上野英信著「眉屋私記」潮出版社

武満徹「夢の引用」岩波書店

「現代俳句の世界」全十六巻　朝日文庫

「ベンヤミンの肖像」G・ショーレムほか著好村冨士彦監訳　西田書店

「経営と文化」林周二著　中公新書

「中国の一日」茅盾主編　中島長文編訳　平凡社

「芍薬の歌」生島遼一著　岩波書店

「イスラム文化と歴史」　前嶋信次著　誠文堂新光社
「東西遊記」上・下　橘南谿著　平凡社（東洋文庫）
「新修良寛」東郷豊治著　東京創元社
「シュテヒリン湖」T・フォンターネ著　立川洋三訳　白水社
「映画、わが自由の幻想」ルイス・ブニュエル著　矢島翠訳　早川書房
「ハイゼンベルク」村上陽一郎著　岩波書店
「童子考」郡司正勝著　白水社
W・ベンヤミン著　丘澤静也訳「ドイツの人びと」晶文社
入沢康夫著「ネルヴァル覚書」花神社
A・ネエル著　西村俊昭訳「言葉の捕囚」創文社
「夢を走る」日野啓三著　中央公論社
「神話と科学」上山安敏著　岩波書店

中心と運動

地表に生れたひとつの点が
そだって
円《まる》になってゆき
ぐるぐるまわって
どんどんおおきな
円《まる》になってゆき
どんどん　どんどん

おおきくなってゆき
だけれども
地表に生れたあの点は
いつまでも
中心点だ

河合秀和ほか訳「バーリン選集」全三巻　岩波書店
フリッチョフ・カプラ著
吉福伸逸ほか訳「ターニング・ポイント」工作舎
三浦哲郎著「白夜を旅する人々」新潮社
「幸福を案出した末人」——ニーチェ——

しあわせ

たとえば
冬の海辺の松の小枝に
弛かんしきってひからびて
ぶらさがっている
俺の脳髄

すぐそばの小山のふもとに
黄色くなったすゝきの葉々が
ゆれておってもよろしい

しあわせ

かじかんだ掌をかざしておって、
指の間を冬の風らがわたっていって、
ああ、とろけていきそうなしあわせで、

真黒の雲間から
冬の陽がつきささっている
枯野

山の午後
ちいさな大根を

のきしたにつるした
農婦の手が
いきなり　妖怪じみて
俺の面をおそった
冬の午後

『対話「東北」論』樺山紘一、岩本由輝、米山俊直　福武書店
「雪片曲線論」中沢新一著　青土社
「ナチュラリスト志願」ジェラルド・ダレル、リー・ダレル著　日高敏隆・今泉みね子訳　TBSブリタニカ
「百虫譜」奥本大三郎　彌生書房
「境界の時間」青木保著　岩波書店
「アナバシス」クセノポン著　松平千秋訳　筑摩書房
「出世の道」ベロアルド・ド・ヴェルヴィル著　三宅一郎訳　作品社
I・ドイッチャー著　大島かおり・菊池昌典訳「大粛清・スターリン神話」TBSブリタニカ
加藤典洋著「〝アメリカ〟の影」河出書房新社
大岡信著「万葉集」岩波書店

デヴィッド・ロイ著「スフィンクスと虹」樋口覚訳　青土社

〈万葉集に関する本はすでに汗牛充棟――〉

ホフスタッター著「ゲーデル、エッシャー、バッハ」白揚社

メキシコ　ヤキ・インディアンの呪術師ドン・ファン
カスタネダのドン・ファンシリーズ6冊　二見書房

M・デュラス著　清水徹訳「愛人」河出書房新社

B・A・ギリヤロフスキー著　村手義治訳「帝政末期のモスクア」中央公論社

養老孟司著「ヒトの見方」筑摩書房

C・フエンテス著　木村榮一訳「アルテミオ・クルスの死」新潮社

A・ルロワ＝グーラン　対話者　C＝アンリ・ロケ　蔵持不三也訳「世界の根源」言叢社

ウィリアム・カーロス・ウィリアムズ　田島伸悟訳「パタソン」沖積舎

上野千鶴子著「構造主義の冒険」勁草書房

「劇場都市」
「桃源の夢想」
「園林都市」　以上　大室幹雄著　三省堂

トマス・ピンチョン著　志村正雄訳「競売ナンバー49の叫び」サンリオ文庫

「黄河源流を探る」読売新聞社

高橋英夫著「花田清輝」岩波書店

ジャック・ソレ著　西川長夫訳「性愛の社会史」人文書院

ベルンド・ハインリッチ著　渡辺政隆訳「ヤナギランの花咲く野辺で」

「史伝閑歩」森銑三著　中央公論社

「極楽まくらおとし図」深沢七郎著　集英社

「つりおとした魚の寸法」中川一政著　講談社

「まどさん」阪田寛夫著　新潮社

「口唇論」松浦寿輝著　青土社

「作家主義」奥村昭夫訳　リブロポート

草野心平著「絲綢之路」思潮社

「白鳥伝説」谷川健一著　集英社

「風の博物誌」ライアン・ワトソン著　木幡和枝訳　河出書房新社

「カラー図解英語百科辞典」学習研究社

〈ネゲントロピー　秩序
↔
エントロピー　無秩序〉

「天空の果実」H・リーブス著　野本憲一・陽代訳

岩波書店
「私の韓国陶磁遍歴」宗左近著　新潮社
「ライオン」ジョゼフ・ケッセル著　多田智満子訳
白水社
「世界は音」ベーレント著　大島かおり訳　人文書院
〈「事々《じじ》無礙《むげ》」＝A・B・C……などはそれ自体として存在してはいるが、自性（それ自体の本質）をもつものではない。全体的構造を通じてのみ、それ自体でありうる。——華厳経〉
〈全体構造が共時的（シンクロニスティック）に存在しているのであって、原因と結果という継時的な連鎖ではない。〉
「コミュニケーション」M・セール著　豊田彰・青木研二訳　法政大学出版局
「アラビア大学への途——わが人生のシルクロード」
前嶋信次著　NHKブックス
〈津軽の秘薬「一粒金丹」——テリアカの分化か
主薬は阿片、膃肭《おっと》臍《せい》、竜胆、麝香など〉
〈蛇蝎《だかつ》のごとく嫌わる〉
「注文の多い言語学」千野栄一著　大修館書店
「宇宙意識への接近」河合隼雄・吉福伸逸編　春秋社
「虫の春秋」奥本大三郎著　読売新聞社
「イメージ」ジョン・バージャー著　伊藤俊治訳
PARCO出版

〈臥《が》薪嘗胆《しんしょうたん》＝春秋時代　呉・越の故事〉

〈嘉《か》辰《しん》令月《れいげつ》＝めで《（佳）》たい日と月と　和漢朗詠集〉

〈沈魚落雁（荘子）＝羞花閉月　美しい女性のたとえ〉

〈谷神ハ死セズ、是ヲ玄牝《げんぴん》ト謂フ　老子〉

〈肉袒《にくたん》―中国＝上半身裸になることだが、日本の切腹に
似た激しい行為らしい。↓強い決意の表明〉

「ピエロの誕生」田之倉稔著　朝日新聞社

「宗教と科学の接点」河合隼雄著　岩波書店

林達夫座談集「世界は舞台」岩波書店

〈中国における理想の王―「無為にして化す」―聖人願望〉

「虫の民俗誌」梅谷献二著　築地書館

「異人論序説」赤坂憲雄著　砂子屋書房

「西田幾多郎」中村雄二著　岩波書店

「和辻哲郎」坂部恵著　岩波書店

〈孌童《れんどう》＝少年愛の対象としての美少年のこと〉

〈18Cフランス発明家ボーカンソンのアヒル〉

〈地下に立派な坑道が四通八達していて――〉

宮内勝典著「宇宙的ナンセンスの時代」教育社

「野ウサギの走り」中沢新一著　思潮社

「姿としぐさの中世史」黒田日出男著　平凡社
〈金冬心―清の文人　その書は有名〉
〈虚堂―禅の宗祖　南宋の人〉
〈床―南方系　磚《せん》（しきがわら）―中国系　土間形式
日本には宇治の黄檗山《おうばくさん》万福寺の磚の土間―明僧隠元（江戸初期）〉
〈奈良朝から平安初期にかけて唐にまねての大学
国子監《こくしかん》――ベトナムにもあった〉
「エドヴァルド・ムンク」J・Pホーデン著　湊典子訳
パルコ出版
「中国書道史の旅」
「近代芸術家の書」（別冊すみ）芸術新聞社

「科学社会学の構想」吉岡斉著　リブロポート
「探検家リチャード・バートン」藤野幸雄著　新潮社
「断層図鑑」戸田ツトム著　北宋社
「これはパイプではない」ミシェル・フーコー著
哲学書房
「脳とこころの対話」杉下守弘著　青土社
「想像力と幻想」高階秀爾著　青土社
〈盲亀の浮木＝めったにない幸運―法華経・ねはん経〉
〈優曇華《うどんげ》の花＝三千年に一度咲く花〉
「コンタクト」上・下　カール・セーガン著　新潮社

「うつろ舟」澁澤龍彦著　福武書店

「井伏鱒二随聞」河盛好蔵著　新潮社

「ダニエル・マーチン」上・下　J・ファウルズ著　サンリオ

「進化の博物学」V・B・シェファー著　平河出版社

「土人の唄」田村隆一著　青土社

「草を手にした肖像画」上野益三著　八坂書店

「島木赤彦」上田三四二著　角川書店

「大仏以後」杉山二郎著　学生社

アオマツムシ——リーリーリ

ウマオイ——スーイッチョン

エンマコオロギ——コロコロリー

ツヅレサセコオロギ——リッリッリッ

カンタン——フィルルル

クツワムシは絶滅に近く、カンタン・マツムシ・スズムシ・カヤキリは減少の一途だと云う。

「戦後日本を考える」日高六郎編　筑摩書房

「南へ」田村さと子著　六興出版

「ローマ皇帝伝」上・下　スエトニウス著　岩波文庫

「ジオラマ論」伊藤俊治著　リブロポート

「21世紀バイオ社会からの報告」N・コールダー著　岩波書店

〈オロッコ＝シベリヤのオレクマ川や満州の嫩江（のんこう）流域や樺太の東海岸に住むツングース族の一支族
ギリヤーク＝樺太北部からシベリヤの黒龍江河口地方に住む蒙古人種系の種族〉

〈縄文人の出自〉

「M／Tと森のフシギの物語」大江健三郎著　岩波書店

「古語雑談」佐竹昭広著　岩波新書

「美の近代」粟津則雄著　岩波新書

「日本架空伝承人名事典」平凡社

「ダヤン・ゆりの花蔭に」M・エクアーデ著　筑摩書房

〈賂《まいない》を権臣に贈り利益壟断《ろうだん》を専らにしていた
井伏鱒二「野辺地の睦五郎略伝」〉

〈「遠くのびのびと流れる川の澎湃《ほうはい》たる感じ」
井上鱒二「川」〉

「芭蕉論」上野洋三著　筑摩書房

「タクシードライバー日誌」梁石日著　ちくま文庫

「形を読む」養老孟司著　培風館

〈不将不逆　荘子〉

「ふたつの太陽」立松和平著　河出書房新社

荷風小説　全七巻セット販売　岩波書店

荷風随筆集　岩波文庫

「花と木の文化史」中尾佐助　岩波新書

「生体廃墟論」伊藤俊治著　リブロポート

〈ホモロギア（相同物）＝例えば縄文の火焰土器は爆発
する火山のホモロギアか？〉

〈唐詩にいう紫髯緑眼《しぜんりよくがん》の類か、眼の色ことなるもの多し
（川路聖謨《としあきら》—佐渡日記）〉

「打ち震えていく時間」吉増剛造著　思潮社

「幾度もソクラテスの名を」1・2　斉藤忍随著
みすず書房

第二綴から（昭和六十一年暮れより）

空がある。夜の星が見える。
その下での生き物達の音がきこえる——

すぐそこにある
簡潔なる棒

わたくしは甘寝《かんしん》の楽を知らぬ身となっている。

〈夢覚めた後まで夢裏《むり》の光景のありありと胸臆に
存して消え失せないものがある。　荷風「夢」〉

厠に立ちて

涙流れる
尿の音や
逝きし人々

時間とゆうものは
真すぐなものだろうか。
そうとは感じられない。
らせん・渦とゆうことを
もっと考えてみること

すいちょくの思考と
すいへいの思考と
それらをうまく組合せて
なにかを織り上げているのか——
人々の万化の風に押されて歩む

ある時間とある場所で

恋こがれたものが、他の時と
場では色あせてしまうこと

光いっせん腑に落ちた
なにが
この俺の生れっぷりが

タウクリポカポカ

〈悪事を専門に司る神話上の存在。ダンスや乱痴気騒ぎが行われる夜、魔女達は彼に会うと伝えられる。
——「マリノフスキー日記」〉

〈魔女等とタウクリポカポカの不思議な沈黙の情事〉

〈「生ける神に落つるは、恐るべきかな」ギリシャ悲劇を集約する、とキルケゴール。〉

〈ドラマとは、衝突(行為)＝変形なり。〉

デジャ・ヴェ＝既視感
永遠の中に自分が立っているような
一種の浄福感――か

なんにも云わず
おのれの息づかいに
目を凝らすよりなし

からだが痛む
声を上げれば
また　新しい浮世だ

少しづつズレをふくみこむ繰りかえし
――懐かしい手紙

こんなに寒い
冬の雨の夜なのに
ひとつ屋根の下なのに

〈衝突　a collition［kəlíʃən］
a clash［klæʃ］
変形　change
transiton（変遷）
transformation〉

〈T・A法　テクノロジー・アセスメント
assese［əsés］評価する。査定する。
（税金・罰金など）の額を定める。
アメリカでは72年に成立〉

〈祭のあった場所と、祭も終りなにもなくなった
同じ場所〉

妻も子供等も
どうして私から遠く遠くに
いるのだろう
ほんの近くにみんな居るのに
それなのに
手のとどかない魔法の様な
意地悪なお遊戯の様な
こんなに寒い
冬の雨の夜なのに

しあわせの時を
魚《うお》にも鳥にも
草にも水にも
風にも土にも
なににでも
すううとなれそうな
そんな気がする
時をいっぱい持ちたい

しあわせの

第三綴から（昭和六十二年二月）

〈アルノルト・ベックリーン　19Cドイツの画家　「死の島」「聖なる森」「ケンタウロスの闘い」等〉

〈役者などは陋巷に窮死すべきものだ〉

〈聱牙＝耳もきこえず歯は犬の牙の様にかみあわせが悪い の意。〉

「ニーチェ」三島憲一著　岩波新書

「ダイアローグ」1・2　柄谷行人著　第三文明社

球体に風穴をうがとうとする労働には、
絶望と貧相の気がただよう。

球体そのものを大きくすることだ

「秩序と無秩序」ジャン・ピエール・デュピュイ　法政大学出版局

「夢辞典」深沢七郎　文藝春秋

「最後のコラム」鮎川信夫　文藝春秋

「時代を読む」

「時代を読む」2　鮎川信夫著　文藝春秋

〈―貧道（私）の嗜まざるところ三あり。曰く詩人の詩、書家の書、庖人の饌（料理人の料理）これなり―良寛〉

「妖精の国」井村君江著　新書館

「バウッダ（佛教）」中村元・三枝充悳　小学館

「文化開国への挑戦」山崎正和著　中央公論社

〈ugly duckling
ばか（醜い）と思われていたのがのちに偉く（美しく）
なる子供ーアンデルセン〉

音楽と共に
俺はおおきな波のような息となり
高揚と熱病の
時空をつむぎ
俺の目玉はと云えば
びっくり人形の
様だった

八坂書房　熊楠日記　宮本常一・旅10巻

「空間への機能から様相へ」原広司著　岩波書店

闇よ
このたわゝなる
無辺の光よ
　遠い想い出の様な部屋で
子等の声は
くっきりと
物々の形は
もの云う程に鮮明で

なんにも
だあれも
俺のことには気づかない
さっきから
こんな近くに
俺は居るのに

リズム正しく

動いて　動け
リズム正しく
血を　走らせる
そうしてまなこを
見開いて
リズム正しき
物を見よ

「北極海へ」野田知佑著　文藝春秋
「現代風俗通信'77〜'86」鶴見俊輔編著　学陽書房
「アマチュアの弱点85型」別冊月刊碁学
「恐竜はネメシスを見たか」リチャード・ミューラー著　集英社

「おどけ草紙」バルザック　神西清訳　国書刊行会
「ルバイヤット」オーマー・カイヤム　国書刊行会
「荒野のアメリカ」亀井俊介著　南雲堂
「精神の生態学」グレゴリー・ベイトソン著　思索社
「箱舟」ピエール・ガスカール著　書肆山田
「歓喜の街カルカッタ」上・下　ドミニク・ラピエール著　河出書房新社
「フロイト」ジャン・ポール・サルトル著　人文書院
「青い眼・黒い髪」マルグリット・デュラス著　河出書房新社

あらゆる容が
溶融し
よみがえり
溶融し
なにごともない

「虹の理論」中沢新一著　新潮社
「風流の図像誌」郡司正勝著　三省堂
「Longman Contemporary English」ロングマン英英辞典新版　クロス版　丸善

霧の中の
牛を見ながら
老いてゆく
しあわせがある

「自然のパターン」ピーター・スティーヴンズ著　白揚社
「混沌からの秩序」I・プリゴジン　I・スタンズュール著　みすず書房
「マリノフスキー日記」マリノフスキー著　平凡社
「縛られた巨人」神坂次郎著　新潮社
「タルホ事典」潮出版社

「井月の俳境」宮脇昌三著　踏青社

「デッサン・エロティク」ロダン素描集　リブロポート社

〈人の短を云うなかれ
おのれの長をとくなかれ　空海の書〉

〈〃風信帖〃　最澄への空海の手紙〉

「魔術の歴史」J・B・ラッセル著　筑摩書房

「呉清源　黒の布石」

「呉清源　白の布石」　誠文堂新光社

〈亡八屋＝くつわや（＝娼家）と訓じている〉

〈仁義礼智忠信孝悌の八徳を亡う所以　井上井月〉

〈超電導＝臨界温度を境に超低温（マイナス二七〇度）に電気抵抗が0になり、丁度電気を通せばその電気は減少することなく永遠に流れ続けることになる。

超電導体性質
　マイスナー効果＝近くに磁石を置いた場合、磁場に反発して磁力線を外にはじき出す性質。

　ジョセフソン効果＝超電導物質間にごく薄い絶縁体を置いても一定の電流以下であれば互いに電流が流れる性質。〉

〈ペストが近世ヨーロッパ精神の生の覚醒として逆作用
　—フリーデル「近世文化史」〉

〈鏤骨《るこつ》の名言
　—骨を刻む程苦心すること。「彫心鏤骨」など〉

「玩物草紙」

「唐草物語」澁澤龍彦著　白水社

「新リトル英和和英」革装　研究社
「中学英語でらくらくトラベル」こう書房
〈春山淡治にして笑うがごとし
　淡治＝うっすらと艶めく　山水訓〉
「ユングと共時性」Ｉ・プロゴフ著　創元社
「冬の本」松浦寿輝著　青土社
「明治・大正・昭和詩歌選」大岡信編　講談社
「高丘親王航海記」澁澤龍彦著　文藝春秋
「神聖受胎」　河出文庫
「マルジナリヤ」　福武文庫
　澁澤龍彦
「木」白州正子著　住まいの図書館出版局

「難路行」鮎川信夫　思潮社
「ボルヘスオラル」白馬書房
「私の同時代」鮎川信夫　文藝春秋

まいまいず井戸のまわりに
坏《つき》を埋めて
去って行た人達よ
　調布市下石原遺跡

「悲劇への回帰」ジャン・マリー・ドムナック著　中央公論社
「モロッコ」野町和嘉写真集　岩波書店
「明恵　夢を生きる」河合隼雄著　京都松柏社刊・法蔵館発売

〈「——縁を切ったことをそこの人々に証明するため、足の裏の埃を払いおとせ」　新約・マルコ福音書〉

「四遠」森澄雄句集

「家族で楽しむ英会話」東後勝明著　毎日新聞社

〈静寧・靖寧＝静かでやすらかなこと〉
〈清適＝気持よくやすらかなこと〉
〈棲遅・栖遅（せいち）＝住み憩うこと。ゆっくりと休息すること＝詩経〉
〈醒酔＝さめることとようこと〉
〈丹液＝不老不死の薬〉
〈貪汚《たんお》＝慾がふかくきたないこと〉
〈巣林一枝《そうりんいっし》＝分相応のもので納得すること。近松は〝巣林子〟と号した〉
〈採薇之歌《さいびのうた》＝〝薇《ぜんまい》を採《と》る歌〟のこと。清簾潔白な人物の節操固い生きざまのたとえ〉

〈母《ぼ》猿断腸《えんだんちょう》＝断腸の想い。腸《はらわた》を断つ〉
〈窮猿奔林《きゅうえんほんりん》＝「窮猿、林を奔《はし》る」生活に困窮すれば何でもなければいけない〉
〈田園将蕪《でんえんしょうぶ》＝「帰りなんいざ、田園将《まさ》に蕪《あ》れなんとす」陶淵明「帰去来《ききょらい》の辞《じ》」〉
〈放言高論＝出言不遜　大言壮語＝山師の玄関〉

「西洋の音、日本の耳」中村洪介著　春秋社

「秀句の風姿」飯田龍太著　富士見書房

〈晨星落落《しんせいらくらく》＝晨は朝、早朝、ときの意。あけがたの星がしだいに姿を消す様に知己が減っていくさま〉

〈多年志賀の謦咳に接してきた人だけに——人＝阿川弘之〉

「ことばの生活誌」風間喜代三著　平凡社

〈ホオジロ＝ススキの木をしごく〉
〈キセキレイ＝枯葉を一枚一枚ひっくりかえす〉
〈川鳥＝よくおよぐ。川ガニをつかまえて岩にぶつけて気絶させる〉
以上11月上旬　たいしゃく峡

〈爛柯《らんか》＝囲碁のこと　童子たちの長い対局を見るに熱中して見物人のオノが腐ったとの伝説から――〉

「正常と病理」カンギレム著　法政大学出版局

〈何度となく、切所《セッショ》に遭遇しながらも――
切所＝普通は山道での難所の意〉

「山登りは道草くいながら」本多勝一著　実業之日本社

〈ハンノキ（古代ムルトン人は妖精の木をよんでいた）
＝湿った土地に生える落葉樹＝（シジミチョー）
＝

ミドリシジミ
（羽をひろげても三、四センチ）〉

〈シジミの仲間はゼフィルス
――ギリシャ神話のそよ風の精のこと〉

「夜のパリ」ブラッサイ写真集　みすず書房

〈コウヤマキ＝高野槇　常緑針葉の高木でかすかな香がある――古代の棺の材。鳥が魂を天上に運ぶか〉

〈アロマラピー＝芳香療法。古代エジプト、中国などでのハーブ療法。森林浴、聞香《ぶんこう》療法などがあった
古代中国には白檀、丁香《ちょうこう》など数十種の香料原料を酒に浸して造った万病の治療酒として満殿香酒《マンテイエンシヤンチユウ》があった〉

「俳句によまれた花」竹西寛子文　潮出版社

「アインシュタインを超える」M・カク、J・トレイナー著　講談社

アンダーソン土器（彩色土器）＝中国大黄河時代＝日本の縄文土器

「ウンガレッティ全詩集」筑摩書房

「マチュ・ピチュの高み」ネルーダ詩集　みすず書房

「未知のパリ・深夜のパリ」ブラッサイ著　みすず書房

〈春の水すみればなをぬらしゆく　蕪村

菫や茅花《つばな》＝春の花〉

「ゾロアスターの神秘思想」岡田明憲著　講談社現代新書

「自然のたまねぎ構造」広瀬立成著　共立出版

「宇宙論への招待」佐藤文隆著　岩波書店

「楽園・味覚・理性」W・シヴェルブシュ著　法政大学出版局

「宮沢賢治と西域幻想」金子民雄著　白水社

「俳句の国徘徊記」飯島耕一著　書肆山田

「多摩川の鳥」原田孝三写真集　主婦の友社

「クロード・レヴィ・ストロース」オクタビオ・パス著　法政大学出版局

「踊り念仏」五来重著　平凡社

「パステルナーク研究　詩人の夏」工藤正広著　北海道大学図書刊行会

「雲表の国—青海・チベット踏査行」色川大吉著　小学館

「夷齋風雅」石川淳著　集英社

「嬉《き》遊笑覧《ゆうしょうらん》」全四冊　喜多村筠庭作　吉川弘文館

「魔法としての言葉—アメリカインディアンの口承詩」金関寿夫著　思想社

雉《きじ》（子）

竹やぶの表の蓬《よもぎ》の伸びた茂みの中を
雄雉の深紅な目がしずしずと動いて消えた。
「けんけん」と鳴くその声は天地にひびいて
透きとおる様で人の肌を通して、
心の琴線にまつわりついてくる様だ。

米・西独合作
〈「ストレンジャー・ザンパラダイス」映画観る。
ジム・ジャームッシュ監督　非常におもしろかった。
63・5・6日夜〉

第四綴から（昭和六十三年五月九日より）

〈五月九日　岡山へ　病む英夫兄を見舞う〉

〈5月12日　ベルイマン「ファニーとアレクサンデル」二部まで観る〉

〈病葉（わくらば）　木の若葉　病気におかされた葉〉

〈柔軟心（にゅうなんしん）を学ぶ＝道元〉

〈浜りんどう　紫

小鳥の花（小花）　黄色　城ヶ島〉

「浮塵抄」国松孝二著　同学社

「子どものための文化史」ヴァルター・ベンヤミン著　晶文社

「山猫の遺言」長谷川四郎著　晶文社

「そうかもしれない」耕治人著　講談社

〈ナタマメ一日三粒　痔ろう〉

「水の惑星」河出書房新社

「平野卍句集〝光陰〟」牧羊社

死顔をみつめること

宇宙がゆっくりと

網目を廣げてくれること

63・6　兄英夫死去

「昔話の死と誕生」松居友著　大和書房

「岡崎立作品集　鳥百態」山と溪谷社

「微光の中の宇宙」司馬遼太郎著　中央公論社

「アサヒグラフ増刊」俳句入門

「富士正晴作品集」全五巻　岩波書店

「レーニン」上・下　ルイスフィッシャー著　筑摩書房

「ポール・ヴェルレーヌ」プチフィス著　筑摩書房

「悪党的思考」中沢新一著　平凡社

「ぼくのハングル・ハイキング」荒川洋治著　五柳書院

〈リーボックのくつ　イギリス製〉

「ポール・ベェルレーヌ」P・プチフィス著　筑摩書房

「俳句今昔」飯田龍太著　富士見書房

「時間・東と西の対話」河出書房新社

「水辺逆旅歌《すいへんげきりよか》」入沢康夫著　書肆山田

〈生死夢三者劣優なし〉北宋の詩人・蘇東坡〉

「鳥屋の梯子と人生はそも短くて糞まみれ」アラン・ダンテス著　平凡社

「遺伝的乗っ取り」ケアンズ・スミス著　紀伊国屋書店

「世界毒舌大辞典」大修館書店

「かたちと力」ルネ・ユイグ著　潮出版社

「演劇とは何か」鈴木忠志著　岩波書店

〈閑雅風韻の人
一切の無駄を消してしまった閑雅閑吟の極み〉

〈巧笑倩《せん》たり　美目盼《へん》たり　（詩経）
女性の美しさを形容する
笑う口もとはえくぼ、目はぱっちりと冴えていること〉

「中谷宇吉郎随筆集」岩波文庫

〈万年青（おもと）＝赤い実をつけ、年中繁っているのでエンギものとされる〉

〈遒勁《しゅうけい》＝力づよいさま〉

〈啐啄《そったく》同時＝禅のことば〉

小《を》笹の霜さやぐとや
　身は千々に消えんとや
恋よ来い来い
　コイコイも来い

「はだか」谷川俊太郎詩集　筑摩書房

〈闊略＝おゝまかでゆきとどかないこと〉

「キャパその青春／その死」R・ウィーラン著　文藝春秋　二冊

「カヴァフィス全詩集」中井久夫訳　みすず書房

「思想の落し穴」鶴見俊輔著　岩波書店

「祝婚」上田三四二著　新潮社

「解剖学者のノート」フランク・ゴンザレス＝グルッシ著　早川書房
「ファジイ」中村雄二郎他著　日刊工業新聞社
「現代詩読本・るるる葬送」思潮社
「ディヴィッド・コパフィールド」全四冊　ディケンズ著　新潮文庫
「箱という劇場」横山正著　王国社
「音楽論集」大岡昇平著　深夜叢書社
「ヨーロッパ中世の旅」饗庭孝男　グラフィック社
「言葉と悲劇」柄谷行人著　第三文明社

〈自ら憫笑《びんしょう》に耐えない〉
「めくるめく世界」レイナルド・アレナス著　国書刊行会
「地球・46億年の孤独」松井孝典著　徳間書店
「上田三四二歌集」「鎮守」　短歌研究社

人の常はよく亡し
天の常はよく起《こ》す

「芸術家伝説」エルンスト・クリス　オットン・クルツ　著　ぺりかん社

〈自裁＝自決〉
「南方第九陸軍病院」古屋五郎著　ほるぷ出版

「土門拳の古寺巡礼」全五巻　小学館
「三島由紀夫評論全集」全四巻　新潮社
「ペルソナの詩学」坂部恵著　岩波書店
「本当の話」ルキアノス著　ちくま文庫
「子規・虚子」大岡信著　花神社
「森澄雄句集　所生」角川書店
「仮往生伝試文」古井由吉著　河出書房新社

川や海に
　つまりは動ける水に
いよいよかたぶいてゆく命

「浄土」森敦著　講談社
「ガブリエラ・ミストラル」芳田悠三著　ＪＩＣＣ出版局
「俳句の現在」飯田龍太・森澄雄・金子兜太著　富士見書房
「夢のすむ家」鈴木博之著　平凡社
「この生　この死」立川昭二著　筑摩書房
「再読」鶴見俊輔著　編集工房ノア
「ヴァルザーの小さな世界」飯吉光夫編訳　筑摩書房
「笑う詩人」長田弘著　人文書院

冬の空に
　揺れている雑木林が
　この俺にそっくりだ

　　輿にのってみつめていたら
　　やがてあやしくなってきた

　むかってくる鴉《からす》の翼のおゝきさに
　呆然としてうらがえしにされている神経

〈半消化態流動食　一缶二〇〇キロカロリーあり〉
「結婚式の写真」アニーダ・ブルックナー著　品文社
「中国の大盗賊」高島俊男著　講談社現代新書
「海にゆらぐ糸」大庭みな子　講談社

「太宰治」井伏鱒二著　筑摩書房

　まえうしろにつながらぬ
　奇妙な空間に高みに
　ほっと出る誕生日
　のたよりなさ

　ヤマドリ、コジュケイをはじきだす大地
　大雪だと春には
　フキがいっぱい出る北海道

「フラミンゴの微笑」上・下　グールド著　早川書房
「木に会う」高田宏著　新潮社
〈経腸栄養剤
　エンシュア・リキッド
発売元　ダイナボット株式会社

販売元　大日本製薬株式会社
製造元　明治乳業株式会社〉

「塵劫記《じんこうき》」吉田光由著　寛永四年（一六二七年）
〈日本最初の算術書
億・兆・京《けい》・垓《がい》・秭《じょ》・穣・溝・澗《かん》・正・載・極・恒河沙《ごうがしゃ》・那由他《なゆた》・不可思議・無量大数（万万不可思議）〉

〈吾、十五にして学に志し、三十にして立つ、四十にして惑はず、五十にして天命を知る。
六十にして耳順《したが》ふ。
七十にして心の慾する所に従いても矩《のり》を踰《こ》えず
論語〉

十五――志学
二十――立志
三十――而立《りゅう》
四十――不惑
五十――知命
六十――耳順《じじゅん》
七十――従心《じゅうしん》（理想の境地）

第五綴から（平成二年二月より）

こどしの冬だばの
まず大雪だ
んだはげの春だば
蕗の豊作だんでろ

ビオラとラン文珍
温子に買って来てもらう。

二月二十二日

「巨鯨」写真集　水口博也　講談社

「涙と聖者」シオラン著　紀伊国屋書店
「欲動」　丸山圭三郎著　弘文堂思想選書
「あいだ」木村　敏著

川や海や漣《さざなみ》や
つまりは動ける水に
いよいよかたぶいてゆく命

八方いっせいに目が覚めて——

八方いっせいに目が覚めて
きらきらきらと重くきらめき

八方ねめあげるさざなみで
しかも殺人のさざなみで

俺は知らぬふりして眼を細め
この危機たる荘嚴《しょうごん》を感じるほかない
こんにちは、
ああ、こんにちは、
とアイサツをかわした二人が、
おたがいの立場を替えたら、
どんな声を聞き、
どんな姿を見合うのだろうと、
考える。
二人はほとんど幽霊の様だ。

大勢の子等の声ハタと止み
われ深き淵より舞い上がる

五月の浜辺は
浜リンドーや小鳥の花が満開で
そよ風にふるえる紫色や黄色の花々を
おおきいおおきい岩の眼鏡をかけながら
かわりばんこにながめているのは
大空達だ
　　　城ケ島にて

冬の雑木林の
王者の様な一本の樹の高みに
高貴な　白い病気が
ぶらさがっていた
　　　病中（平成二年）

〈体操の選手の如き看護婦の声安心す〉

「ライプニッツの普遍計画」　エイトン著　工作舎
「えひたふ・六代目円生」山本進著　平凡社
「巨海音聲」岩瀬秀一写真集　エルテ出版

いつも
ほとんどうつむいている
自分が見えほあっと頭《づ》をあげてみる
翡翠《かわせみ》のくちばしの中で
泰然と小魚《こざかな》でいる小魚

ある足音
端正な足音だ
しかもまっすぐくる
煙幕を張れ
泥仕合に持ちこまねばならぬ

絶望

ガラス棒をのみこんだ様な嘔吐の絶望
人間の粗悪な営み、人体の精妙至高に関する絶望
病室で一人社会復帰かなわずと確信した時の妙な
安堵の絶望
カバの目の水平な時間の絶望
祈る人達の放射線上のつまりは宇宙的な絶望
飛び立つ黄金蟲の絶望
射精しおえた雄の悲劇

第六綴・詩ノート

野蛮人

鋼の海に洗われたお前の顔、氷河に削られたお前の肩、お前の胸、碧玉の髪毛、その瞳は硬玉にも似て、——淡い灰色の裡に群がり重なる様々の空——洞穴の様に開かれたお前の口には神秘な氷花の眼は煌めく。

お前の五体に思い思いの結晶を凝している、涯しないお前の慾望、お前の力。さて、兇猛な涙に申し分なく洗われた、お前の輝く肉体が、どんな光の大河に放たれたと語るのか、お前の巨きな心臓に、どんな空が、どんな海が落ちてきたと語るのか——。

——いたるところ、明るい窓々はあけはなたれて、未だ見ぬ栄耀に飾られた光の濤の豊麗の裡に、己の姿を見失った、お前。もう、どんな神の風も、地獄の風も、この上お前を殺すわけにはゆかないだろう、お前の磁性の沈黙を揺がすわけにはゆかないだろう。

夜明け

眠られぬ夜の窓が蒼ざめる。夜明けだ。眠られぬ夜々にただれた眼を、真直ぐに、窓の方に向け、俺は身じろぎもせずにいた。
──遠く鶏鳴と共に、夜明けは揺れ、揺れうごき、
──夜明けは、泣いている天使等と共に、
──はてしなく盲動する、聖なる儀式のつゝましやかなどよめきだ。
──俺は泣きながら、夜明けを抱いた。

時刻《とき》の流れが──

数々の妖術を信じ、様々の幻を信じ、──俺達の悲惨、──俺達の力、──つらい歌にのり、むごたらしい風にのり、ばらまかれた俺達の臓腑、千の金梃に撃たれた脳髄。

──優れた音楽は俺達の内臓をひきずって走る。

＊

暗い洞穴の片隅で、俺は一人さゝやかな食事を摂る──何事がこの身に起ると云うのだろう──ひときれの食物を、口にする力を！

＊

俺は夢見る、話にも聞かぬ大魔王、偉大な流刑者等の夢にも現われたことのなかった様な、比類ない吸血鬼戟叉の一撃。

俺は夢見る、どんな愛も憎しみも背負いはしない、なん

音がする。――時刻《とき》の流れが俺らの姿か、おいらの姿が時刻《とき》の流れか――。

の意味もない、重みもない、ほとんど眼に見えぬ言葉を、肉体を――。

＊

俺達は旅をして、俺達の宇宙の大きさを、そのつらい重さを計ってもみた。それにしても、俺達の幸福の、なんと見事な、なんと悲惨なことであったか。

＊

もう俺は飽きた。血の管よ、心臓よ、けなげな事だ。せめて、おさらばのその時は、賑やかな声のひとつも出すがいい。

＊

女共は、いまだかつてこの様な見事な木偶を抱いたこともなかったろうし、これからだって抱くことはないだろう。

＊

どんな音楽家も俺の楽絃に近づくことすら許されぬ。
ありとある救いの御手は、虚しく虚空を横切るだろう。

＊

小鳥が嘲る。――颪が吹き、午後、大工等の働いている

花

それは、すがすがしい昼下り。——今、俺の顔の真向いで、花と雲とがかさなり合った。

その果樹園は、羊毛の様な葦の間垣にとりまかれ、——思いもよらぬ天空に、明るい蝕をちりばめていた。

花の真下は、ふっくらとした盛土にめぐらされ、——いつの間に、天使等の手は、優美な白い砂を敷きつめていた。——花びらのかげに、空は典雅な渦を巻いた。

——白い砂をうっすらとからだにのせて、花のすぐ真下に、幼い兄弟が死んでいた。

悲しみ

悲しみは、水のつめたさ、歯の白さ——。

今宵、この美しさ、——あらゆるものが、この美しさ。

魔の虹にのせ、船にのせ、撒かれた宝の法力を、のがれる術を誰れもしらない。

悲しみは、水のつめたさ、歯の白さ——。

冬

雪の中に、子供の顔が晴れやかに笑う。

銀の鬣をふるわせて、雪の曠野に馬がいなゝく。

どこかの庵に髭の翁が立ちあがる。

穹窿の鱗の様な雲をぬい、一匹の白い生き物が一散に天空を馳けのぼる。

俺には三角屋根のペンキ塗りの仕事がある！

なんとゆう陽盛りだ！　八月、真昼時！　胸当もついている作業服！　俺には三角屋根のペンキ塗りの仕事がある！

おゝ！　あの娘《こ》の眼付きの素晴しさ！　誓って云うが、俺は死んでも後悔しまい！　森の木草の香りをば、俺達は鼻いっぱいに吸い込んで、手に手をとって午後の森を走ったさ！

さて、——俺達の愛撫の激しさよ、荒々しさよ！——たわゝなる葡萄園、フリデアの女王ニオベもかなわぬ豊かな実り！——ねえお前、そんな具合にゆくかしら！

繊細な翳に織られた王子様のお顔とか、人の世の憂い顔の詩人とか、鬼に喰われて死ねばいい、お前等なんぞと遊んじゃやらぬ！——ほい、俺達ときたひには、近眼のサイもさながらの、傍若無人な足音を森中に響かせながら、ほい、俺達の見事な肉身を躍らせて、放埒なこの腕を、あの脚を、ほい、ぐいと伸して力一杯風を掻け、土を蹴ろ！

静かにお話をしよう

静かにお話をしよう。お天気のこと、暑さのことや、風のこと、寒さのことを。

静かにお話をしよう。小石にあたる木靴の音、くみ水の音、娘達の笑い声、収穫のことや、男達のこと。

静かにお話をしよう。アベルのことや、カインのこと、あらゆる生き物達のこと、空の事、沈黙のこと。

静かにお話をしよう。そして、ほゝえみながら、静かに見つめ合おう、——老人よ——。

俺達の視線のくり出す——

水松色の草原。樹林のつくる、分厚い黒檀の大河。落下する滝。強い甲冑の艶。樹林に添うた沼のあたり、強烈な太陽の光に映え、きらめく、獣の牙。風の堂々たる移動。なめされた胃袋の中に、いきいきとしたとりどりの宝力の巨塊を投げ入れてくる、花々。俺達の視線のくり出す、壮大な、大鉱脈の豪奢と、白色の光線の、息づまる、不可見の軌跡と、力と——。

略歴と出演作品一覧

略歴

一九三五（昭和十）年	・一月三十一日　山形県酒田市御成町15―22に父・重春、母・梅の三男として生れる。五人兄弟。
一九四一（昭和十六）年	・四月　酒田市立光ヶ丘小学校入学。
一九四七（昭和二十二）年	・四月　酒田市立第二中学校入学。
一九五〇（昭和二十五）年	・四月　山形県立酒田東高等学校入学。三年時、文化祭にてチェーホフ「煙草の害について」の一人芝居を演じ好評。
一九五三（昭和二十八）年	・三月　山形県立酒田東高等学校卒業。キャッチボールの事故により網膜剥離、新潟大学に勤務していた長兄の紹介により新潟大学病院へ入院手術。
一九五四（昭和二十九）年	・四月　山形大学英文科入学。演劇研究会に籍を置く。
一九五八（昭和三十三）年	・十月　山形大学英文科四年中退。俳優座養成所入所志望、上京。
一九五九（昭和三十四）年	・四月　俳優座養成所第十一期入所。中野区上高田に下宿、出席日数不足の為一年留年。
一九六三（昭和三十八）年	・三月　俳優座養成所第十二期卒業。

一九六三（昭和三十八）年	・十一月　株式会社大映と専属契約。
一九六九（昭和四十四）年	・一月　調布市緑ヶ丘に転居、結婚。
一九七〇（昭和四十五）年	・三月　長女・真名誕生。
一九七一（昭和四十六）年	・二月　父、重春死去。
一九七一（昭和四十六）年	・大映倒産、フリーに。
一九七二（昭和四十七）年	・七月　二女・遠誕生。
一九七五（昭和五十）年	・一月　三鷹市中原へ転居。
一九八八（昭和六十三）年	・六月　長兄、英夫死去。
一九九〇（平成二）年	・四月九日　東海大学附属東京病院にて永眠。

*出演作品一覧

昭和39年（1964）
殺られる前に殺れ（大映）
宿無し犬（大映）
犯罪教室（大映）
続・高校三年生（大映）
喧嘩犬（大映）
制服の狼（大映）
検事霧島三郎（大映）

昭和40年（1965）
ごろつき犬（大映）
裏階段（大映）
兵隊やくざ（大映）
若親分（大映）
夜の勲章（大映）
雲を呼ぶ講道館（大映）
清作の妻（大映）
あゝ零戦（大映）
掏摸（すり）（大映）
学生仁義（大映）
牝犬脱走（大映）
座頭市地獄旅（大映）

昭和41年（1966）
新・兵隊やくざ（大映）
ザ・ガードマン　東京忍者部隊（大映）
氷点（大映）
貴様と俺（大映）
脂のしたたり（大映）
兵隊やくざ・大脱走（大映）
野良犬（大映）
出獄の盃（大映）

昭和42年（1967）
ある殺し屋（大映）
若い時計台（大映）

早射ち犬（大映）
ひき裂かれた盛装（大映）
眠狂四郎無頼控・魔性の肌（大映）
海のGメン・太平洋の用心棒（大映）
女賭場荒し（大映）
やくざ坊主（大映）
夜の縄張り（大映）

昭和43年（１９６８）

女賭博師・鉄火場破り（大映）
怪談おとし穴（大映）
女賭博師・絶縁状（大映）

昭和44年（１９６９）

女賭博師・さいころ化粧（大映）
昭和おんな仁義（大映）
手錠無用（大映）
あゝ海軍（大映）
続・与太郎戦記（大映）
眠狂四郎円月殺法（大映）

女賭博師・花の切り札（大映）

昭和45年（１９７０）

女組長（大映）
女賭博師・壺くらべ（大映）
あぶく銭（大映）
女秘密調査員・唇に賭けろ（大映）
新宿アウトロー・ぶっ飛ばせ（大映）
皆殺しのスキャット（大映）

昭和46年（１９７１）

逆縁三つ盃（日活）

昭和47年（１９７２）

影狩り（石原プロ＝東宝）
影狩り・ほえろ大砲（石原プロ＝東宝）
狼やくざ・葬いは俺が出す（東映）

昭和48年（１９７３）

反逆の報酬（石原プロ＝東宝）
仁義なき戦い・広島死闘篇（東映）
女囚さそり・けもの部屋（東映）

仁義なき戦い・代理戦争（東映）
現代任侠史（東映）

昭和49年（１９７４）

御用牙・鬼の半蔵やわ肌小判（勝プロ＝東宝）
まむしの兄弟・二人合わせて30犯（東映）
黒い牝豹Ｍ（日活）
安藤組外伝・人斬り舎弟（東映）

昭和50年（１９７５）

仁義の墓場（東映）
県警対組織暴力（東映）
日本暴力列島・京阪神殺しの軍団（東映）
けんか空手・極真拳（東映）
新・仁義なき戦い　組長の首（東映）

昭和51年（１９７６）

実録外伝・大阪電撃作戦（東映）
新・仁義なき戦い　組長最後の日（東映）
沖縄やくざ戦争（東映）
バカ政ホラ政トッパ政（東映）
やくざの墓場・くちなしの花（東映）

昭和52年（１９７７）

やくざ戦争・日本の首領《ドン》（東映）
北陸代理戦争（東映）
新宿酔いどれ番地・人斬り鉄（東映）
日本の仁義（東映）
らしゃめん（東映）
歌麿・夢と知りせば（日本ヘラルド＝太陽社）
西陣心中（たかばやしよういちプロ＝ＡＴＧ）
日本の首領《ドン》・野望篇（東映）

昭和53年（１９７８）

柳生一族の陰謀（東映）
多羅尾伴内（東映）
宇宙からのメッセージ（東映）
野性の証明（東映）
雲霧仁左衛門（松竹）
赤穂城断絶（東映）

昭和54年（1979）
トラック野郎・一番星北へ帰る（東映）
総長の首（東映）
白昼の死角（東映）
その後の仁義なき戦い（東映）
闇の狩人（松竹）
蘇える金狼（東映）
日本の黒幕・フィクサー（東映）
戦国自衛隊（東映）
昭和55年（1980）
影の軍団・服部半蔵（東映）
徳川一族の崩壊（東映）
昭和56年（1981）
土佐の一本釣り（松竹）
魔界転生（東映）
獣たちの熱い眠り（東映）
昭和57年（1982）
鬼龍院花子の生涯（東映）
野獣刑事（東映）
伊賀忍法帖（東映）
昭和58年（1983）
人生劇場（東映）
陽暉楼（東映）
里見八犬伝（東映）
昭和59年（1984）
序の舞（東映）
空海（東映）
北の螢（東映）
昭和60年（1985）
櫂（東映）
聖女伝説（松竹）
最後の博徒（東映）
昭和61年（1986）
必殺！Ⅲ・裏か表か（松竹）
海と毒薬（日本ヘラルド）
極道の妻たち（東映）

昭和62年（1987）

黒いドレスの女（東宝）

ウェルター（東宝）

吉原炎上（東映）

必殺4・恨みはらします（松竹）

昭和63年（1988）

極道渡世の素敵な面々（東映）

華の乱（東映）

行き止まりの挽歌・ブレイクアウト（にっかつ）

STAY GOLD　スティ・ゴールド（松竹）

平成元年（1989）

極道の妻たち　三代目姐（東映）

悲しきヒットマン（東映）

ウォータームーン（東映）

平成2年（1990）

ZIPANG　ジパング（東宝）

●この一覧は『キネマ旬報』をもとに高平哲郎、佐藤陽吉、佐藤典人ら各氏の協力により作成したものです。なお、テレビや舞台の出演作品は省略いたしました。

鯨の目　成田三樹夫遺稿句集
定価　三〇八〇円〔本体二八〇〇円＋税〕
ISBN978-4-89544-652-5

一九九一年三月二〇日　初版
二〇二三年一二月二〇日　改訂2刷
著　者　成田三樹夫
発行者　安倍　甲
発行所　無明舎出版
秋田市広面字川崎一一二―一
TEL（〇一八）八三二―五六八〇
FAX（〇一八）八三二―五一三七
印刷・製本　株式会社シナノ